HALLOWEEN
activity book for kids

THIS BOOK BELONGS TO

1 - gray   2 - black   3 - green   4 - dark green
5 - yellow   6 - orange   7 - red   8 - brown

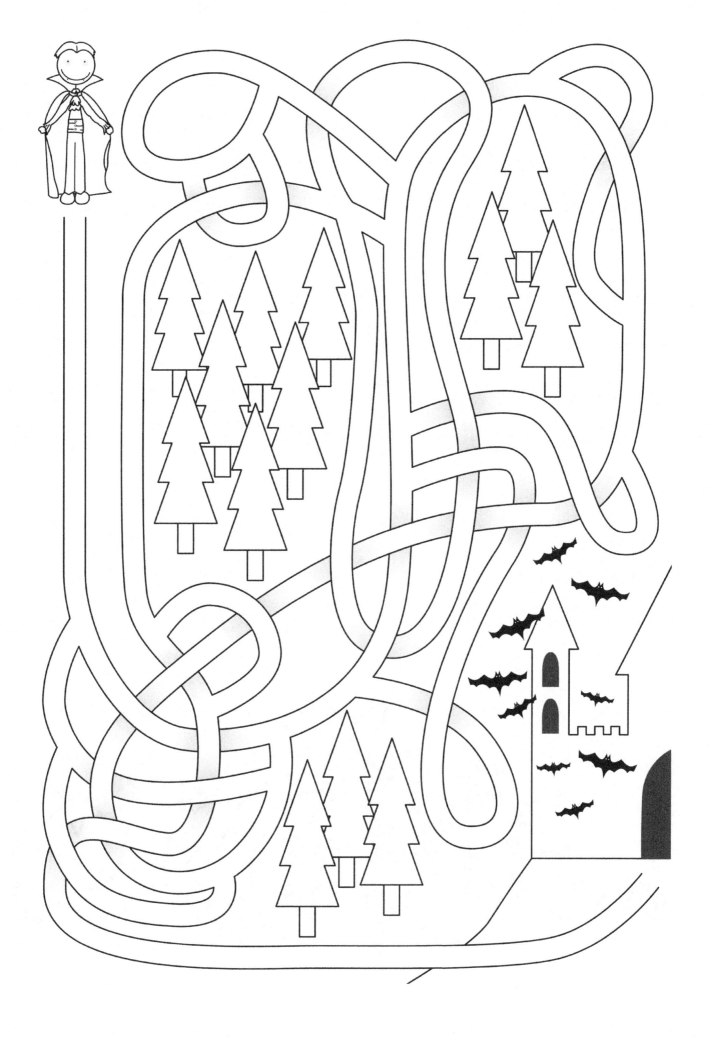

Draw a line from dot number 1 to dot number 2, then from dot number 2 to dot number 3, 3 to 4, and so on. Continue to join the dots until you have connected all the numbered dots. Then color the picture!

Draw a line from dot number 1 to dot number 2, then from dot number 2 to dot number 3, 3 to 4, and so on. Continue to join the dots until you have connected all the numbered dots. Then color the picture!

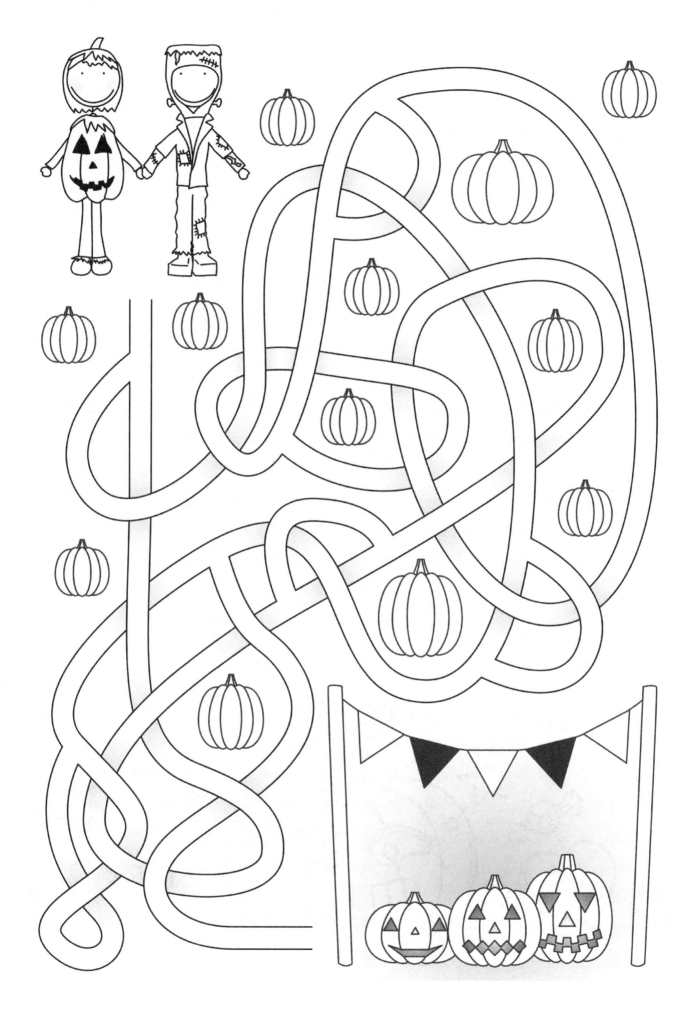

Handwriting practice

| z | | | | e |
| p | | | | | i | n |

| s | | | | r |
| v | | | | | r | e |

| c | | | | e |
| c | | | | | k | e |

ampi   ombi

astl   upca

pide   umpk

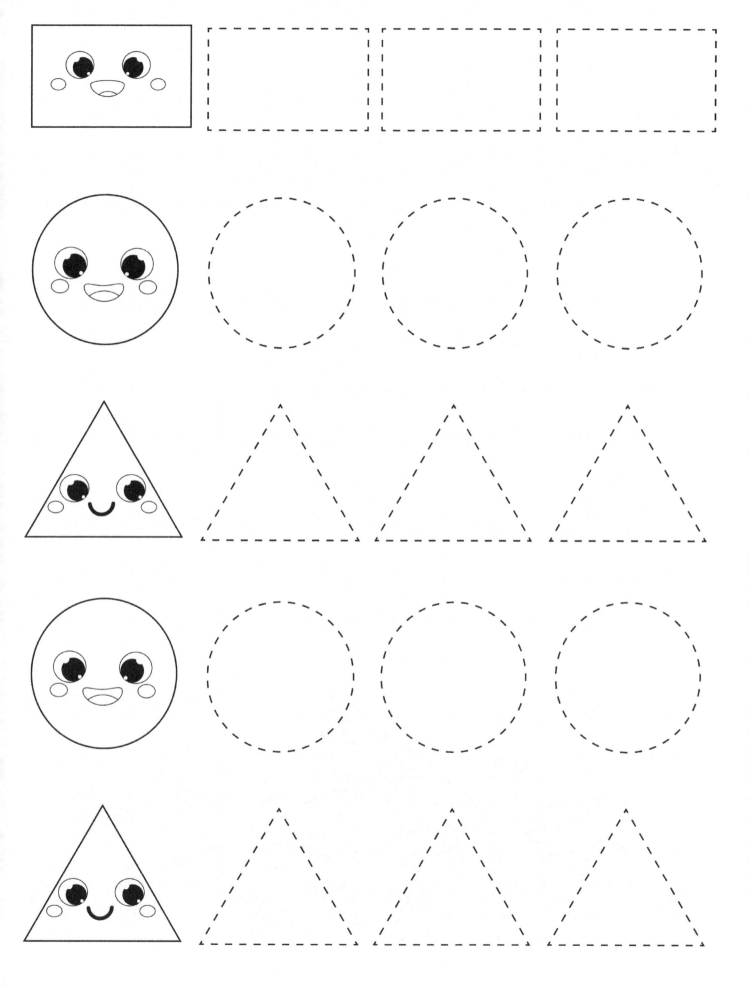

s				l
m				y
w				h

g				t
c				y
d				l

hos   and   umm   kul   evi   itc

Handwriting practice

at   we   ca   ye   ba

one

1 1 1 1 1 1 1 1 1 1 1 1 1 1

1 1 1 1 1 1 1 1 1 1 1 1 1 1

2

two

2 2 2 2 2 2 2 2 2 2 2 2 2 2
2 2 2 2 2 2 2 2 2 2 2 2 2 2

three

3 _3 3 3 3 3 3 3 3 3 3 3
3 _3 3 3 3 3 3 3 3 3 3 3

4

four

4
4

five

5
5

6

six

6 6 6 6 6 6 6 6 6 6 6 6 6

6 6 6 6 6 6 6 6 6 6 6 6 6

seven

7

7

8

eight

8 8 8 8 8 8 8 8 8 8 8
8 8 8 8 8 8 8 8 8 8 8

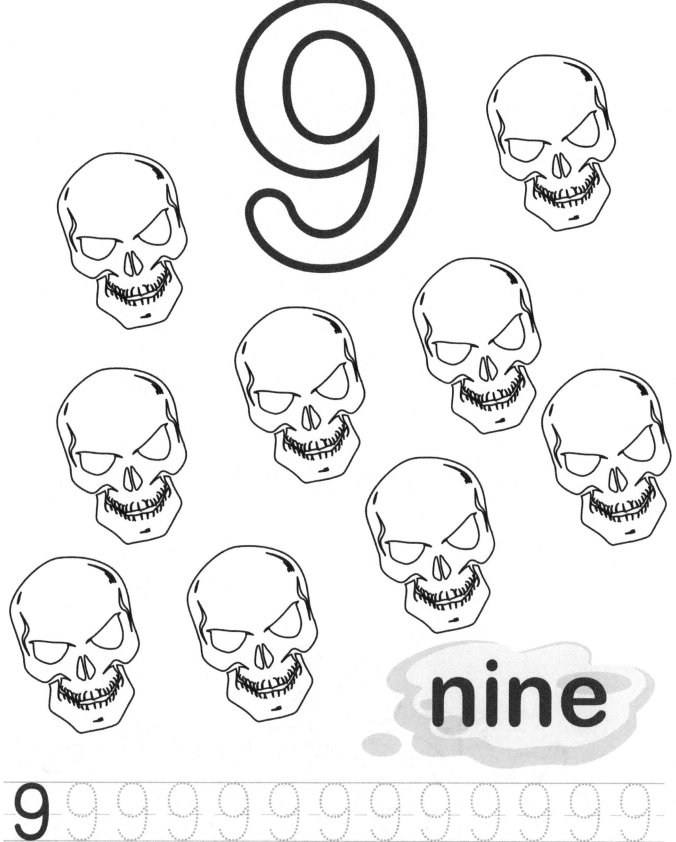

nine

9 9999999999999

9 9999999999999

10

ten

10
10

Counting Practice

Count, add & write the sum in the box.

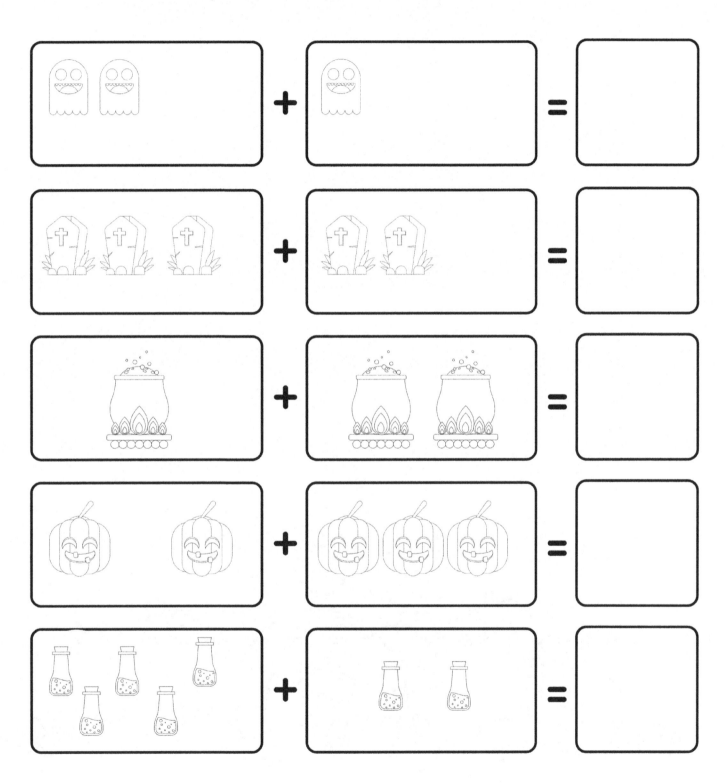

Made in the
USA
Monee, IL